KB056122

눈 속에 꽃나무를 심다

김분홍
충청남도 천안에서 태어났다.
2015년 「국제신문」 신춘문예를 통해 시인으로 등단했다.

파란시선 0060 눈 속에 꽃나무를 심다

1판 1쇄 펴낸날 2020년 7월 10일
지은이 김분홍
디자인 최선영
인쇄인 (주)두경 정지오
펴낸이 채상우
펴낸곳 (주)함께하는출판그룹파란
등록번호 제2015-000068호
등록일자 2015년 9월 15일
주소 (10387) 경기도 고양시 일산서구 중앙로 1455 대우시티프라자 B1 202호
전화 031-919-4288
팩스 031-919-4287
모바일팩스 0504-441-3439
이메일 bookparan2015@hanmail.net

ISBN 979-11-87756-71-2 03810

값 10,000원

•이 시집은 2019년 한국문화예술위원회 아르코문학창작기금을 수혜받아 발간되었습니다.
•이 도서는 한국출판문화산업진흥원의 '2020년 우수출판콘텐츠 제작 지원' 사업 선정작입
 니다.

눈 속에 꽃나무를 심다

김분홍 시집

시인의 말

야책 예르카의
해변에 딸기가 있다
딸기는 방이 많다

방문 앞에
하이힐이 있고 장화가 있고 스니커즈가 있고
잘린 발목이 있다

발자국들이 돋아나고 있다

차례

시인의 말

제1부

원피스

저 지우개는 고장 난 시간
저 단추는 자물통의 비밀번호
저 무늬는 빗소리
저 율동은 언덕을 오르는 당나귀
저 주름은 음모가 많은 가방
저 배경은 버려진 우물
저 뒷모습은 봄날의 의자
저 향기는 눈구멍만 뚫린 복면

수박

넝쿨에 달린 T 자처럼
줄무늬 원피스를 입고 다녔지

가끔 숨아 내기와 행갈이가 필요한 일상
자벌레처럼 하루 0.9보씩 행보를 늘려 나가면 되지

어느 시점에서 폭소가 터질지 모르므로
쉬지 않고 시간을 뱉어 낸 자국들

줄기의 목적지는
일조량의 원천을 찾는 것

그것은 담벼락을 모질게 두드리던 장맛비의 흔적이었
으며 전봇대를 집요하게 휘감던 천둥의 빛나는 흔적이기
도 했어

한 개의 밑줄에 천 개의 표정을 매달고 익어 가는 생각들

시든 생각을 잘라 버렸어
폭소가 터지기 전에

폭소의 마지막을 생각하며 칼집을 넣어 봤어
살해당한 흔적들 광복절 태극기 젖은 화약 냄새……
휴일이 필요한 사건들을 생각하다가 원두막에서 잠이 들
곤 했지

밤의 플러그를 뽑았지
흔적이 흔적을 감췄어

중이염

어느 기지국 이야기일까
연필에
붕대를 감아 놓으면
면봉이 될 수도 있겠지만 상대의 말 펀치를 막아 내기엔
어휘력이 부족하다

달팽이관에 출입문이 닫혔다는
의사의 처방전에 폭설이 내렸다
그는 내가 면봉을 들고 있으면 오른쪽 귀를 후벼 팠고
면봉을 들고 있지 않으면 왼쪽 귀를 후벼 팠다

새로운 말을 실어 나르는 면봉, 헌 면봉을 새 면봉으로
교체해 주지 못해도
기지국에 쌓인 적설량은 줄지 않았다

지퍼백에 냉동했던 나의 난청이 해동되면서 사이렌 소
리가 사라졌다

내가 체크무늬 셔츠에서 오목을 두는 동안 면봉 없는
아침은 굴러온다

그는 아침을 후비다가 청력을 부러뜨렸다

스캔들

토마토가 신호를 받으며 익어 간다
당신이 보내는 신호 속의 건반
변성기가 왔지만 변성기를 생략하고 사춘기가 올 때도
있다
신호를 무시하고 과속하는 토마토
어느 날 스캔들이 터진다
스캔들의 제보자는 멀리 있지 않다
스캔들은 토마토의 최측근이다
신호와 신호가 충돌하면서
토마토의 스캔들이 댓글에 주렁주렁 달린다
한동안 토마토를 사랑했지만
토마토가 폭발하면서 남긴 것은 동전 같은 감정
그 감정은 마이너스 통장 잔고처럼 쉽게 플러스가 되지
않는다
건반은 비좁지만 건반에서 추락해선 안 된다
당신은 비보호 신호를 받으며 스캔들을 조율해 왔다
과숙은 스캔들과 스캔들이 곪아 터지는 것
변심한 쪽에서 스캔들이 터진다
한때 토마토의 신음 소리가 길게 들려와 잠 못 이룬 적
이 있다

외출이 분란을 선처하고 맥주의 발언이 꺼져 가는 밤 당신은

녹색 불과 적색 불 사이를 왕래하면서 나의 혀를 깨물었다

녹색 토마토가 길을 제시하는 동안 적색 토마토는 길을 가뒀고

길에 박힌 건반에선 경고음이 울려 댄다

순식간에 토마토는 몰락하고 스캔들은 꼬리에 꼬리가 붙는다

당신이 나에게 신호를 보내는 것은

떠나라는 익명의 제보

석류

석류를 맹꽁이라고 부르기 위해 맹꽁이 울음소리를 만져 본다

향기를 엿듣는 그녀의 귀는 난청이다 귀고리를 닮은 석류들 보폭이 빠른 봄이 달랑거렸다

나는 석류를 흠모한다 그녀의 원피스에서 붉은 장미가 지고 있다

석류를 흠모하기 전까지 나는 석류를 방치했다 어느 날 갑자기 석류를 흠모하기 시작했고 석류가 궁금해졌다 석류를 흠모하기 전과 후는 어떤 감정이 숨어서 여물었을까

석류를 흠모한 내가 석류일지 모르고 정체불명의 석류는 맹꽁이이며 현재의 석류는 맹꽁이 울음주머니 핵심은 석류를 흠모하면 석류가 삭제된다는 것

맹꽁이를 흠모하자 맹꽁이는 울음주머니 지퍼를 닫았고 석류는 맹꽁이 알을 흠모하고 있었다 석류가 맹꽁이 알로 바뀐 것은 한때의 충동일까 사랑일까

손톱으로 그것을 찢어 버리자 석류는 맹꽁이 울음주머

니 지퍼가 열린 것이라고 생각했을 것이다 순식간에 맹
꽁이가 사라지면서 석류의 뽀로통한 입과 볼이 흔들거리
기 시작한다

　석류 속에 맹꽁이 알이 세공되었다 붉은 화음이 선지
처럼 터졌다
　수백 송이의 울음소리는 맹꽁이의 개화 그녀가 향기를
포집한다 향기는 닫혀 있다

선조체 지우기

얼룩을 두려워하지 말아요 아픈 기억도 지워지니까요

서랍 속의 연필은 나를 대필하지 못해요
당신은 선조체가 발달했고
펜은 그런 취향을 잘 대변합니다
잉크는 누구의 머릿속에 고여 있는 생각입니까
그날의 악몽에서 벗어나지 못한 내 삶은 잉크병 속에
방치되기도 했죠

침묵의 뚜껑이 열리면서
펜은 논리적인 문장을 만들어 주었고
옹이가 박힌 연필은 흑심을 품고 뭉툭해집니다

희뿌연 하늘을 보면 화이트보드 같다는 생각이 들어요
거기에 글씨를 쓰거나 그림을 그릴 수 있기 때문이죠
당신은 올 풀린 스웨터의 형상으로 무수한 글자들을 쏟
아 냅니다
말줄임표와 별들이 빼곡하게 적혀 있는 하늘
뭉게구름이 수시로 뭉개고 있군요

탄력은 노랗다는 겁니까? 까맣다는 겁니까? 탄력은 붉은색

통통 튀는 당신의 입술도 붉군요 기억은 타이어 마찰음처럼 히스테리해요

지금 그 마찰음은 어디로 굴러가는 걸까요

지워지지 않아서 지울 수 있는

당신의 얼룩이 아직도 나의 얼룩을 어루만지고 있군요

●선조체: 뇌의 한 부분으로 마음을 다스리는 영역.

우리는 브로콜리

샴쌍둥이가 등 돌린 사이라고 해서 풍경까지 돌린 건 아
니다
우리는 흩어지지 못하고 쌓여 가는 관계라서
사막에 뿌리내린 변종을 꿈꾸는 바오밥나무

샴쌍둥이가 다리를 공유했다고 얼굴까지 공유한 건 아
니다
우리는 일가를 이뤘기에
다종의 얼굴을 다중으로 교체한다

밑동 잘린 장대비를 수확하는
우기의 계절
다리 따로 머리 따로 떠도는 우리는
하나일까 둘일까

마음이 뭉툭해진 구름은 마블링을 넓혀 갈 수 없다

구름을 아삭하게 끓는 물에 데칠 순 없을까

질문은 대답으로 쌓여 간다

자라지 않기로 결심한 구름은
다리가 퇴화하고 머리가 진화하기 시작했다

배우들이 가채를 쓰고
황후의 두 얼굴을 연기한다

낱장으로 태어나지 못한 슬픔이 다발로 묶인다

기념식수

모과나무에서 얼룩무늬 개가 짖고 있지

연못에는 열두 시 방향으로 수련이 피고 후렴이 짙어 가
는 수목원 미술관에서 만나 산책하자고 했는데 약속을 지
켜야 할지 망설여지네

혼외자 의혹은 사실이 아니니까 신경 쓰지 말라는 당신
을 보고 싶지 않아

회화나무에서 꽃이 피고 당신의 거짓말에도 꽃이 피고
수련이 만발한 수목원엔

당신의 얼룩무늬 개가 자라고 있다는 걸 아무도 모르
겠지

아이는 무럭무럭 자라겠지 수목원에 연못이 없었다면
산책을 천변으로 갔더라면 당신을 만나지 않았을 것을

얼룩무늬 개가 짖어 대는 백송의 얼룩무늬 곁에 모과
나무의 얼룩무늬

털갈이를 시작한 모과나무가 컹컹 짖어 대도

아이는 수목원의 기념식수일 뿐

판결문이 버려진 연못에는 당신의 거짓말이 떠돌지 수련이 수렁 속의 비밀을 폭로하는 동안 물고기들이 판결문을 지우고 있지

백송을 함의하지 못한 얼룩무늬 개가 모과나무 속으로 들어가는군

전복

귀를 잘랐어
피어싱을 한 귀

수족관에는 바다의 귀가 자라지 귀가 자라면 전복이
자라지

수평선에 걸린 노을이 꿈속과 꿈 바깥의 절취선을 용
접하고 있지 전복의 진주 광택에 음각된 파도 소리는 몇
톤일까

귀가
그리움이라서
제 귀를 자르는 바다

귓불에는 따개비가 다닥다닥 귀고리로 붙어 있지
어둠이 천공한 피어싱은 목구멍인가 땀구멍인가
전복의 청력에서 갈매기 소리를 적출할 수 있지

청각이 오려진 해변에선 네 시의 고백이 젖어 가고 귓
바퀴에는 구멍이 낭자하지

수천 개의 귀를 잘라 낸 바다가 동쪽으로 듣고 서쪽으
로 흘려 버릴 때
　스피커는
　쌓아 두는 것일까 흘려 버리는 것일까

　얼굴이 완성되기도 전에 표정을 잃어버린 귀, 난파선의
피사체가 당신의 귀를 땄지

　숱한 소문에도 피어싱을 멈추지 않았어

화살표는 악어가 되고

바게트에서 바리케이드까지 마그마로 만든 빵을 주세요

악어는 바리케이드를 사이에 두고 누워 있지 머리를 조아리고 매복 중인 화살표는 책동할 뿐 본성을 드러내지 않지

악어가 매복한 바리케이드는 늪

광화문 사거리에서 차들은 악어의 입 모양을 따라 움직이고 나는 화살이 날아다니는 상상을 하지

적신호에는
먼저 떠나간 속도가 있고 떠나야 할 속도가 없지

후진만 있고 직진이 없는
녹아내리는 회중시계가 매복 중인 악어를 발견하겠지

속도의 나들목에서
화살표는 악어가 되어서 닥치는 대로 통째로 삼켜 버리겠지

늪처럼 바게트에서 바리케이드까지 다 먹어 치우겠어

리허설이 없는 바닥
매복은 생존이지

●녹아내리는 회중시계: 살바도르 달리의 그림 「기억의 지속」.

오데사 계단

한 발 한 발 스텝을 섞듯 말을 섞는다

서먹해진 관계를 좁혀 보려고 빠른 걸음으로 따라붙어
보지만
당신의 혀는 양파 속이다
내가 백 미터 다가가면 당신은 백 미터 후퇴한다 당신은
수직이고 나는 수평이기 때문에

우리의 간격은
제자리에 멈춰 있다
우리가 고층과 저층을 왔다 갔다 하는 동안 고삐 풀린
생각이 부유하는 곳에
임시방편으로 침묵을 말뚝으로 박아 놓는다

당신의 말과 나의 말이
부딪쳐서 찌그러지기도 하고 계단 아래로 위태롭게 굴
러갈 때가 있다 거기에는 당신이 쏜 총에 맞아 부상당한
나의 말도 있다

모든 스텝에선 화약 냄새가 풍긴다

헌 내장처럼 장 누수가 있는 말
오르막과 내리막이 심한 당신의 말에 변비가 있다

반딧불이

별똥별을 채취한다
플러그는 허공에 꽂히고 별똥별은 더 밝아졌다
나는 교환되지 않는 불빛
더듬이를 세우며 날개를 뒤틀며 불빛을 충전한다
나는 집중한다 불빛들로 채워진다
공중에 핀 수백 필지의 꽃들이 낙화하고 있다
어둠은 갈등했고 표절했고 달아났다
달아나다 꼬리에 묶인 꽃의 필라멘트를 보았다
나는 별똥별에 가담하고 있다

스위치를 켠다
천장에 반딧불이가 붙는다
나를 점유한 반딧불이는 발광(發光)한다 반딧불이가
발광(發狂)할 때 나는 대화의 한 구절을 시식한다
개화하는 반딧불이에서 영산홍 맛이 난다
간혹 반전이 일어나기도 한다 내가 켠 반딧불이가
나를 이탈하는 것이다 이별한 애인의 눈빛처럼

차가운 반딧불이들
반딧불이 날개가 증발해 간다

한 홉의 불빛은 부재중이다

흰 모자를 바라보며

저 폭설, 누가 덮어 놓았을까
그는 그의 월계관을 지키려고 나에게 누명까지 씌웠다

나는 테두리에서 생겨났지만
그 안에 안착한 적 없다
끝내 결백을 주장하지 못해도
비바람을 막아 주는 것도 테두리일 텐데
우린 서로에게 보호막이 되어 주질 못했다
경계에 둘러싸인 호수와
둘레를 허무는 안개처럼
한쪽은 경계를 지키려 했고 한쪽은 경계를 허물려 했다
처마를 챙으로 두른 지붕에선
온종일 햇빛을 긁어모으고
넓은 그늘을 만들어 햇빛을 가려 준다

폭설 속에서 찰랑대는 머리카락은 냇물 같다
저 물결은 어디서 흘러와서 어디로 흘러가는 걸까
우리는 숱한 깃털 중 하나이지만
각자 노선이 달랐으므로
밖으로 빠져나가는 어둠 한 올까지 응시했다

먹구름의 정수리에 쌓이는 물소리는 얼마나 나긋나긋
한지
물소리가 흘러내리지 않게
나는 밤의 뒤통수에 핀을 꽂아 놓았다

걱정인형

걱정인형이 걱정을 걱정하지 않는 것은 애초에 걱정이 머물지 않기 때문이다 걱정은 한곳에 머물지 않고 걱정을 찾아 돌아다닌다 걱정은 연고지가 없으므로 연고지를 찾아 떠돈다 걱정은 일관성이 있다 걱정을 해도 찾아오고 걱정을 하지 않아도 찾아온다

걱정인형의 태도는 일관성이 없다 걱정하지 않는 척 걱정하고 걱정하는 척 걱정하면서 걱정을 전혀 모른다는 표정으로 웃는다 걱정이 많아서 잠 못 이루는 밤 걱정인형과 눈을 맞추면 안 된다 걱정을 감겨 주는 것이 아니라 똘망똘망한 눈으로 걱정을 부추기기 때문이다

배게 밑에서 걱정을 걱정하지 않는 걱정인형은 밤늦게까지 잠들지 못했다 잠들지 못해서 걱정을 걱정하지 않는 것이 아니라 잠들기 위해서 걱정이 밤새 떠드는 이야기를 들어주었다 딸기 걱정 바나나 걱정 굴 걱정 짓무른 걱정들이 소분되어 냉동실에 들어갔다 걱정이 얼면 성격이 되기도 한다

걱정을 걱정하지 않는 걱정인형의 걱정은 대부분 닥치

지 않는 걱정이다 닥치지 않는 걱정을 닥친 걱정보다 더
걱정스럽게 걱정하다가 아침 7시, 나는 수면제를 삼킨다

제2부

아지랑이 서체

　욕망은 가벼워요 허공을 흔들어 놓고 사라지는 연기처럼 욕망이 피어오르고 있어요 나를 구불구불한 길에 가두고 있어요 나는 불길이 되어 가요

　새싹은 누군가를 향한 그리움 그 속엔 일기장이 펼쳐져 있습니다 고백이 새싹을 펼칩니다 무성해진 새싹으로 나는 봄을 탕진합니다 그리움도 퇴고가 필요한가 봐요 잡념을 솎아 내는 동안 진달래가 피는 언덕에는 풍차가 돌아갑니다

　한 방향을 고집하는 풍차와 한 사람만 생각하는 나는 취향이 같습니다 저 풍차는 아찔했던 순간들을 몇 번이고 견뎌 냈겠죠 멈추지 않고 풍경을 돌리고 있는 풍차의 시간은 굴절입니다

풍경의 풍경

풍경에 묶여 흔들리던
당신의 물고기를 떠올린다
물고기 위에는 구름의 수심이 펼쳐져 있고
바람의 부레가 쪼그라들고 있다
풍경 밖으로 외출하지 못한 바람은 공중에서 한뎃잠을
자고

풍경에 묶인 물고기가
안에서 밖으로 종소리를 쏟아 낸다
먼 곳까지 종소리를 산란하는 물고기는 얼마나 많은 지
느러미의 시간을 소진했을까

풍경이 바람을 풀어놓는다 그건 바람이 풍경을 가두는
일

흘러가는 종소리와 흘러오는 종소리 속에
죽은 물고기가 산 물고기처럼 위태롭게 몸을 움직인다
물고기가 짊어진 허공의 무게가 당신의 풍경일까

풍경 속에서 풍경 아래서

당신이 흔들리면
발이 더딘 종소리는 풍경 속에
오래 머물지 못하고 미끄러진다
제 영혼까지 매달고 우는 물고기는
풍경 바깥의 소식을 풍경 안으로 물어 나르지 못한다

공중에 걸린 풍경 속에서
물고기는 또 하나의 풍경이 되어 간다
아무리 퍼내어도 마르지 않는 몸의 소리
당신은 누구도 듣지 못하는 풍경의 야생을 듣고 있다

거미집

하늘에 돌려 박은 나사 문양이 남아 있다

기둥과 기둥 사이 바람으로 벽을 바른다 바람은 휘발하고 있다
거미집이 바람에 무너졌다는 기록이 없는 것은 보일러 열선 같은 거미줄에 햇빛이 돌기 시작한 뒤부터

하루살이 떼를 달력으로 걸어 놓고 거미집은 평수를 넓혀 나간다 거미집 아래 그늘에서 싹튼 호박도 담벼락에 촉수를 돌려 박으며 골목을 늘인다

위도와 경도를 모방한 애호박이 자라나서 아랫목의 장판으로 잘 달궈지면 늙은 호박잎은 그늘을 찢어 버린다

호박을 들어 올린 그늘이 이동 경로를 탐색한다
꽃 피었던 밑동에는 먼동 들춘 양지만큼 얼룩이 퍼져 있다

그 전모를 밝히기 위해 익은 호박을 가른다 새벽에 나가 음지를 경작한 사람들이 왕래한 골목마다 쪽방이 다닥

다닥 붙어 있다

  나사 문양을 잘게 삐져 며칠째 말린다
  쪽방 창문을 밝혔던 누군가의 빛이 찢어지고 있다

  함정을 던져두고 기다림을 포박한다 그늘과 빛은 평면
이고 식탁과 침대도 평면이다
  평면으로 모두 묶어 둔다

  허공에 묶였지만 그녀는 날개가 없다

복숭아 가지가 흔들릴 때

고이는 곳이 많은 엉덩이는 아름답습니다
흔들리는 엉덩이 속엔
산비탈 풀벌레 소리가 고이고 자벌레 걸음이 고이고 한
낮의 하품과 달의 부끄러움이 고인 흔적이 있습니다

쇠똥구리가 바닥을 말아 올리듯
엉덩이는 공중에서 길을 둥글게 감아올리고
둥근 길 속엔 당신의 달콤함이 익어 가고 있습니다

오후 3시의 엉덩이, 구름의 펑퍼짐한 생각이 내려앉아
있습니다
아무도 모르게 벌레들이 생겨나는
엉덩이 위엔
솜털의 띄어쓰기가 생략되어 있습니다
봉지에 싸여 아우성치던 솜털이 붉게 익어 갑니다
솜털 속 벌레들이
빛과 어둠을 갉아먹으며 향기로움을 꿈꾸겠지요

벌레에겐 솜털의 밤이 있고 내겐 불면의 밤이 있습니다
나는 매달려 익어 가는 벌레의 생각을 숨으려다 그만둡

니다 벌레는 나의 생각 속에만 존재합니다

　　낮의 엉덩이와 밤의 엉덩이는 감정의 깊이가 다릅니다
　　감정이 깊어질수록
　　벌레는 번식하고 이별은 껄끄러워집니다

먹구름 레시피

뽕잎을 만지면 몸에 뽕잎이 쌓인다 누에고치가 된 입에서 실이 풀려 나온다 실을 감았다 풀고 풀었다 감으면서 나는 문장을 짠다

뽕잎을 딴다 뽕잎에서 오래된 책 냄새가 난다 나는 뽕잎을 따서 푸른 피가 흐를 것 같다
피가 푸르기 때문에 얼굴까지 푸르다는 말은 믿지 않는다

뽕나무에 붉은 신호등과 푸른 신호등이 매달렸다 뽕나무의 혈관에서 피를 수혈받는다 피는 거머리처럼 검다 풍경이 검게 변하는 것으로 어둠에 동조한다 고라니 발자국이 익어 갈 무렵 어둠을 수확하려면 손에 피를 묻혀야 한다

풍경이 흘리고 간 먹구름이 바닥에 굴러다닌다
고랑에 떨어진 먹구름을 줍는다

저걸 조려 볼까? 먹구름을 뭉개기 전 흰 구름을 골라낸다 뭉툭한 쉼표 같은 먹구름을 세척해서 믹서기에 간다

나는 먹구름을 한 자락 한 자락 저어 가면서 길지도 짧지
도 않게 조린다

　달콤한 먹구름 한 스푼, 곧 당신을 비 내리게 할 것이다

가을 우물

마당가에 포수처럼 우물이 앉아 있다

야간경기에 몰두해 있는 우물

풀벌레 함성 소리 요란하다

이때 야구 경기는 가장 치열하다

우물 한가운데

보름달이

정확히 꽂히는 순간

자전거 타는 아침

안개는 웅덩이의 서체로 움직인다

울퉁불퉁한 개구리 울음을
누가 대패질하는 소리

모서리가 없는 울음은
남향의 강물 속
부화하는 몽돌이다

버드나무 흰옷에
하혈하는 아침

내 자전거를 누가 빼앗아 타고 간다

난 머리만 남는다

내 손바닥 속 추전역

혼자 여행을 떠났다
분명 기차가 달리는데
풍경이 달린다는 느낌은 어디에서 오는 것일까?
아직 사람의 온기가 남아 있는 좌석
다른 사람이 앉았던 좌석에 앉아
나는 모르는 사람의 목적지를 향해 가는 것만 같다

손바닥을 펼쳐 본다
어디선가 발원한 길은 끊길 듯 끊길 듯 이어지고
손바닥엔 길의 흔적이 선명한데

지금 탑승한 기차는 감정선일까 운명선일까 아니면 생
명선일까

손바닥에 새겨진 손금은
앞서 살다간 사람이 지우지 못한
길의 노선도일지도 모른다는 생각

내 손바닥에 새겨진 운명선을 나 아닌 누군가가 대신
살고 있다는 착각

나는 너를 번복하기 위해
잠시 이곳에 정차했을 뿐이고

종착역에 도착하기 전
내가 갈아타야 할 간이역
추전역을 향해
기차는 침묵의 침목을 밟고
손금을 따라 달리고 있다

러닝머신

발자국이 알리바이를 만들고 지나간다
낯선 발자국 위에 발자국을 찍는 발자국

가 보지 못한 여행지를 설정하고
가야 할 곳을 향해
길을 펼쳐 놓고 한 장 한 장 덧댄다
페이스메이커가 없는 페이스에서
나는 완주에 실패한 것이 아니라 출발에 실패한 것이다

속도와 속도 사이에는
목적이 되어 버린 사람들의 등만 보인다
다람쥐처럼
햄스터처럼
거대한 머신 위에서
당신 안엔 또 다른 당신이 달리고 있고
나는 속도를 밀어내며 속도를 쫓아간다

출발한 곳을 모르듯이 도착할 곳을 잊어버린 여정
올라서는 순간 7호선이고 내려서는 순간 세종시 버스
안이다

어느 구간에서 속도를 벗어나야 할까?

속도를 갈아 끼운다

속도가 쓰러진다 나는 그 속도를 밟고 속력을 더한다

허기진 날엔 초코파이가 보스턴 마라톤 완주 메달로 보일 때가 있었다

가속도가 붙는다

쓰러진 곳은 언제나 목적지가 아니다

바다를 구독하다

오랫동안 나는 고립됐다

등대와 파도와 포구 풍경으로
파도 소리 삭아 내리는 구부러진 해안선에 의탁했다 나
는 구독한다, 바다를

파도 소리를 만지면 나타났다 사라지는 바다의 페이지들
풍경 빠져나간 그물이 느슨해진 관계를 깁는다

나는 고립된다, 한 개의 말뚝으로
한 개의 말뚝에 몇 장의 출생신고서가 묶여 있다

나는 포구의 등과 분쟁한다 밀물이 포구의 목을 조르면
나는 등을 뒤척인다
바다에 한 발 걸치고 뭍으로 녹슨 머리를 향한다
한 발의 썰물 앞에 새로운 밀물들이 넓적하다

내가 끌고 온 길이 삭제된다
발을 풀지 못하고
뭍으로 올라온 폐선

나는 떠나온 바다를 기웃거린다

가지런한 불면

오후 세 시를 할퀴고 달아난 고양이 수염은 가지런하다

스티로폼 상자 안
부추들이 쪼그려 앉아 바람의 머리를 묶었다 풀었다를
반복한다

잘리기 위해 자라거나
자라기 위해 잘리는

손톱 손톱 손톱

손톱에 뜬 반달을 핀셋으로 집어내면 가지런한 불면이
되었다

새벽까지 흩어진 단어들을 조합하느라 밤을 소진했다
유성이 가끔 말줄임표처럼 떨어졌고 소원은 이뤄지지 않
았다

폴더를 열면 태초의 고백이 묶여 있다
포옹 한번 해 보지 못한 우리는 가지런한 관계라서 머

리도 빗겨 주지 못한 채 가지런하게 헤어졌다

　밑동 잘린 부추들은 가지런한 필체로 돋아났다
　통점을 온 힘으로 밀어내는 방식으로

　잘라도 잘려도
　집요하게 문장은 자라났다

　고양이 수염은 안테나가 되어 써야 할 것과 쓰지 말아야
할 것을 분류했고 나는 밤의 목차에 가지런하게 묶여 있다

옹달샘이 되어

넓적한 등, 바위의 출발일 거야

몸
웅크리고 앉아서
죽었는지 살았는지
거길 떠나지 않는
바위에겐
몇 장의 그늘이 전부다
펼쳐 놓은 건 그늘의 넓이였고 산길과 도랑물은 그 넓
이로 흘러간다

물이 시원해
조롱박까지 상쾌하다
물 한 방울 속에는 바위도 뚫는 뾰족함이 숨어 있다

누구에게나 우호적인 웅덩이
우묵해서 그냥 두어도 고였다가 아무렇게나 흘러간다

번지는 이끼는 누군가의 마음 내가 이끼를 벗어나려고
할수록 이끼는 나를 묶어 둔다

웅덩이라는 말은 절실할 때 나온다
거기에 흐르는 풍경은 얼마나 맑고 투명한가

한 마리의 물고기만 키우는 허공
나는 웅덩이가 되어
비운 만큼 채우고 채운 만큼 비어 있다

스타킹에서 어망의 구멍을 탐색하다

늘어남과 줄어듦을 반복하는 나는
메아리처럼
던진 만큼 되돌려 받고 던져진다

용수철의 탄성을, 당신의 머리에서 튀어 오르게 할 생
각이다

다리를 조이는 레깅스는 맹목을 휘감는 뱀
레깅스와 하이힐은 서로의 목적이 달랐으므로 하이힐
은 나를 견디고 레깅스는 나를 벗는다

어망 속 물고기는 묶이지 않은 채 묶여 있고 어망 밖 물
고기는 묶인 채 묶여 있지 않다

포획한 물고기를 감금시키기도 하고 풀어 주기도 하는
당신의 이중성
나는 어망의 구멍을 뒤집어쓰고 어둠의 구멍을 찾아다
녔지만
레깅스를 벗지 못한 이별은
어망 밖에서 펄떡거리고 있다

레깅스 속 엉덩이는 감춰도 엉덩이
나는 내 몸보다 무거운 엉덩이를 감추고
한 이불에서 부풀어 오르다가 가라앉기를 반복한다

우린 헤어지는 순간까지 서로를 모르는 척하는 가벼운
사이라서
아무리 집어던져도 구겨지지 않는
스타킹이었다가 어망의 구멍이 될 수 있다

제3부

좌초

배가 침몰해도 서사는 가라앉지 않는다 해안선에서 웨딩드레스 같은 파도가 펼쳐지고 출산한 비글이 새끼에게 젖을 물린다 갓 태어난 비글은 잡종일까 순종일까 남자와 남자의 반려는 태풍이 제 눈알을 갈아 치울 때까지 머뭇거리다가 풍랑에 휩쓸릴 것이다

선미에는 풀지 못한 캐리어가 뒹굴고 캐리어는 거품으로 채워진다 켜켜이 방을 쌓아 놓고 무지개를 수집하는 거품

좌초를 벗어나려는 좌초는 거룩하다

남자는 거품을 내려놓지 못하고 최후의 시간까지 흘러간다 배는 무겁고 수심은 깊어서 계속 가라앉는 중이다

신부의 입술은 바다를 향해 흘러가고 웨딩드레스에선 피지 못한 백합꽃이 시든다 침몰하는 신부는 구조될 수 있을까? 여행지의 해변은 그 순간에도 무탈하고 읽지 못한 주례사가 한참 만에 떠밀려 와 풍문처럼 발견된다

복숭아의 계절

  푸른 색깔로 시작된 복숭아의 청춘이 솜털로 시끌벅적
하다
  전동성당 첨탑에선 종소리가 홀로 익는 소리

  어떤 소녀들은 가출을 꿈꾼다 스키니 진을 입은 소녀들
단맛을 부록으로 숨기고 있다 그 맛을 읽어 내면 혀가 아
프다 단맛의 어원은 위태롭다

  가출하려는 소녀들의 젖, 젖을 떼려고 가출하려는 소녀
들 아무렇게나 배정되는 숙소와 앉은 자리 그들에게 생일
이 생겼나? 신발 문수의 농담이 짙어지는 여름

  어설픈 차림으로 누가 외출을 한다 어설픈 의상에는 솜
털이 자라고 있다

  색깔에도 솜털이 있다

  한때 벌레를 쫓으려고 소녀들이 웅성거리다가
벌레가 소녀들을 쫓아 버렸다

오늘 소녀들은 이마에 바코드를 붙인다 바코드 위에 바코드를 덧붙인다 이마가 탱글탱글해져서 금방 팔려 나갔다

소녀들의 한 계절이 저물고 있다

아령 또는 우리의 왕

이것은 두 짝, 권력에 관한 보고서이다
들었다 놨다를 반복하는 당신은 스킨십을 좋아해

자르려는 자와 붙어 있으려는 자의 대립으로 각을 세우고
같은 말을 좋알대는 손가락에 권력이 붙는다

살을 섞으며, 당신을 사랑했다
뼈를 추리며, 당신을 증오했다

같은 동작을 세뇌시키는 당신은
뼈대만 남은 마지막 자존심
당신의 부름에 암묵적으로 동조한다

12월의 볼륨까지는 고백이 필요하다

온몸을 좌우로 상하로 굴곡 있는 성격을 만든다
당신의 몸에서 땀방울이 떠나고 있다
권력의 잔고가 쌓인다
가슴에 왕을 만들 때까지 밥그릇과 절대로 타협하지 않
을 것이다

아령을 찌그러뜨리며 근로자들이 첨탑 농성을 하고 있다

아령이 해야 할 일은 무엇일까?

사랑하는 우리의 왕

당신의 권력에 군살 한 근 붙지 않는다

노량진

닫힌 골목을 따는 것은 발소리다
병천순대와 어묵꼬치를
골목이라 부를 때 고양이 울음은 구불구불하다
포장마차에서 불어 터진 빗줄기를 들어 올리는 저녁
면발은 토익 점수보다 길다
포장은 프리지어가 별 세 개로 가는 지름길
어쩌다 걸려든 먹잇감을 붙잡아 두지 않으면
땅거미는 또 업종을 변경해야 하므로
레일 없는 포장마차에서 내일을 나열하고 오늘을 호객
한다
아이스크림 가게에서 시간을 핥아먹는 아이들이
저절로 도착하는 미래를 숙성 중이다
가끔 침묵에 실패하면 부패가 된다
막장을 첫 장으로 개종한 아이들이 어른 되기를 유예
하며
포장마차에 앉아 좋은 날을 기다리며 좋은 데이를 마
신다
발소리를 폭식한 이곳에서는
눅눅해진 시간을 바싹하게 튀겨 낸다
사과를 잊은 사과들이

옹기종기 앉아 바람을 떨이해도

이월된 부채에 재고만 쌓여 간다

취객의 발걸음이 골목의 병마개를 비틀어 잠근다

옥수수

그러니까 줄을 잘 서라고 했잖아
가지런하게 선 줄
알고 보면 속에서 자란 응어리들
우리는 물방울이고 말랑말랑한 알맹이에 근접해 있어요
만났다 헤어지고 헤어졌다 만나면서 조직의
일원이 되어 가요 매달려 살아가는 생존법을 습득하며
밝기가 다른 업무에 적응하죠
낮과 밤의 인계인수는 우호적일지라도
알갱이라는 회사원으로 입사해서
빛과 어둠을 출퇴근시켜요
어둠 속에서 발아한 우리는 한 줄을 위해
얼굴을 수없이 갈아 끼우며
굴욕을 물방울로 승화시켜요
물방울 모습으로 서로를 보듬고
물에서 태어난 우리는
있는 그대로 베일 속이고 어둠 속이에요
그곳에서 부장을 위해 줄 서는 일이 허다한 근무를 하
지요
물방울에서 꽃이 핀다는 건
줄에서 꽃을 피울 수 있다는 것인가요

이제부터 줄을 꽃이라고 부를래요 줄에서 잘린
나는 응어리를 심어 새 줄을 세울 생각이에요

제습기처럼

공중을 쥐어짜서 물방울을 모았어요
서랍에서 눈금을 꺼내 봐요
배란기에 꾼 꿈은 흉몽이에요
꿈의 밑바닥은 눈금이 희미해요
월경하는 달력의 패드를 갈아 줄래요

한 남자가 아파트 유리창에 붙어
매미 울음을 닦는 아침
물방울을 모으려고 물방울을 분사하는 사람들에게 허
공은 트랙이죠
트랙에서 발자국은 여럿이 출발했다가 혼자서 돌아와요
매미 울음을 닦던
남자가 귀뚜라미 울음을 닦는 계절
담벼락을 붙들고 있던 담쟁이가 피 묻은 서체로
부음을 알려요

공중에 길을 닦으며 자박거렸던 담쟁이
뿌리를 내리고 싶어도 우리에겐 뿌리내릴 땅이 없군요

지친 신호등이

몇 분 간격으로 피를 흘리고 있습니다

이제 공중을 쥐어짜는 것도 포기할 시간입니다

사월의 방

방은 무인발권기, 매표원 없이도 도착을 안내하고 출발을 발권한다 과적의 방 빙하의 방 고리의 방이 발권되고 있다 방에는 시간표가 붙어 있고 교과서가 때맞춰 스쿨버스를 타러 가고 있다 방이 직립을 버리면서 죽음을 발권하는 무인발권기를 나는 본 적이 있다 할머니는 어머니를 발권하지 않았고 어머니는 나를 발권했으며 나는 아이의 발권을 두 번 취소했다 냉장고는 방 안을 뒹굴며 공포를 발권한다 젓가락이 침몰을 들어 올린다 방의 봉인이 풀리면서 거대한 싱크홀에 잠겨 버린 나는 사월의 방을 여행한다 나는 누군가 예매해 둔 발권을 가져갔다 출발과 도착을 모르는 채 간 적 없는 목적지를 향해 환승 중이다 나의 여행은 귀가를 전제로 하지 않는 편도행이다

방은 관(棺), 방에서 탯줄이 기어 나왔다 나는 방에서 태어나 관으로 들어갈 것이다 기일이 생일이 되어 어디론가 환생하는 방, 방이 익사하면 사월은 상자가 된다 사월을 연다 노랑나비 떼를 걸어 놓고 죽음을 애도하는 것이다 사월의 목련이 침몰할 때 사월의 뻐꾸기가 알을 낳고 도망갈 때 사월의 신호등에 빨간불이 켜질 때 사월의 장미가 레드카드를 꺼낼 때 방은 배제된다 내가 탑승한 방이

내게서 탈주하고 있다 방의 배후는 희망인가 절망인가 방은 과적이다 방이 가라앉고 있다 무능이라는 재질로 만든 나의 관(官), 관(官)은 아직도 나의 입관을 해태하고 있다

볼트와 너트

너와 나는 깊은 사이라지
죽을 때에야 헤어지는 깊은 사이라지

볼트, 볼트, 볼트
제발
나를 끌어안아 줘

너트, 너트, 너트
제발
나를 놓아줘

너의 입속엔 뱀이 살고 있고 나의 머릿속엔 젊은 곰이
살고 있지만
너와 나는 한 나무에서 먹고 자는 사이라서

에로틱한 눈빛으로

볼트, 볼트, 볼트
좀, 더, 난폭하게
끌어안아 줘

너트, 너트, 너트
이제, 그만
놓아줘

비록 한 몸으로 태어났지만
우린 서로를 갈아 끼울 수 있는 사이라지

천사의 나팔꽃

뒤집어져 땅만 바라보고 피는 꽃이 있다

너희들은 뿌리 잘린 아랫도리를 검은 숲에 꺾꽂이했다
동굴 속에서 빛을 외면한 박쥐처럼

뒤집어져
피는 꽃은
전쟁이
뒤집어지기를 바라면서 밤의 지퍼를 내렸다

자정의 해변에선
나팔에 올라타고 나팔을 던지며 상어 떼가 밤낮으로 몸
을 포갰다
교미를 끝낸
상어 떼가 밤의 지퍼를 올리고 총성을 따라 떠나갔다
나팔을 거래한 검은 숲이 필사적으로 나팔을 떨어뜨
렸다

나팔은
밤마다 출몰하는 매몰의 흔적이 악몽이기를 꿈꾼다

악몽은 내성이 없다
소녀들이 악몽을 못에 걸어 두면 비둘기 떼가 날아와
쪼아 먹었다

늙은 소녀들이
자정의 해변에서 가방에 담아 온 파도 소리를 쏟아 내고
있다

하늘 한번 제대로 쳐다보지 못한 채
뒤집어져 땅만 바라보다 지는 꽃이 있다

네펜데스

주머니가 주머니를 매달고 주머니를 불러 모은다
저마다 가장 선호하는 부위에 매달린 식욕의 자세는
허기져서 깊어지는 건지
깊어져서 허기지는 건지
민낯을 드러낸 해바라기 옆에 가면을 쓴
그림자는 육식성
주머니는 광합성보다 덫에 가깝다
함정을 오므릴 줄 모르는 자세가
피비린내를 풍겼다
온몸이
입인 주머니가
입이 없는 하루살이 떼를 산 채로 삼켜 버렸다
주머니 속에서 아이들이 칭얼댔다
칭얼대는 아이들을 캐리어가 삼켰다
순식간에 저수지가 캐리어를 삼켰다
흩어진 먹구름이 몰려와 그녀에게 쌓였다
지워진 아이들의 출생증명서는 어디에 있을까?
복통에 시달리다 폐허만 남은 주머니
아파트를 뱉어 내고 자동차를 뱉어 내고 남자를 뱉어
낼 때

저수지가 아이들을 뱉어 냈다

●네펜데스: 식충식물.

서울역

태어날 때부터 나는 과정이다 나는 굴곡이 많은 생이다
세파를 뒤집어쓰고 풍경을 되새김질하며 내일을 호명
한다
살아남을 수만 있다면 맹목과 추종 변검도 마다하지
않겠다
열었는데 닫히고 닫았는데 열리는 경계의 물결
나는 참과 거짓을 분리할 줄 모른다
혁명은 레일을 타고 훌쩍 떠나고 싶은데
나는 천막을 치고 띠를 두른다
깃발 속으로 어린아이가 걸어 들어가더니
노인이 되어 빠져나온다
바리케이드에 부서져 내리는 햇빛
속보와 소문이 뒤엉킨다
안이 밖을 밀어내고 밖이 안을 끌어당긴다
광장은 내키지 않아도 닥치는 대로 집어삼킨다
태초부터 광장은 공복이거나 소화불량이었을 거다
물려받은 불면증
잠든 자와 잠들지 못하는 자는
밤마다 서로의 목적지로 삼으면서도 만나지 못한다
상행과 하행은 매번 순서가 뒤바뀌고

중심도 변두리가 되고 만다
나는 멈출 수 없기에 과정이다
나를 거치고 나서야 과정은 완결된다

조롱에 관하여

광장은 조롱의 서식지, 지친 자들에게 쉽게 날아든다

조롱에 갇힌 새를 보면
새의 발목에 편지를 매달아 이 세상에 없는 아이들에게
소식을 전하고 싶은데

아이들의 주머니 끈에 매달려 있던 조롱이 내게로 날
아온다

단식 농성하는 사람들 앞에서
굶은 사람들을 피자로 조롱하면
조롱이 조롱한 자에게 부메랑이 되어 날아간다

기타를 어깨에 멘 자들이 춤추는 광장
조롱이 박수 친다
조롱을 부추기는 것이 당신의 직업
조롱은 맛있다
한낮의 아스팔트에 녹아내린 피자가 흐물흐물해진다

담장도 지붕도 없는 곳에서

밤새 꺼지지 않는 달빛을 바닥에 깔고
토막잠 자는 조롱
열대야 속에서 피어오르는 환각처럼 광장 가득 피어
오른다

한동안 조롱에 갇혔던 아이들이 조롱에서 빠져나오고
조롱은 유령이 되어 광장을 떠돈다 아직도 조롱을 빠져나
오지 못한 사람들은 이미 조롱의 실체를 알고 있다

조롱이 털갈이를 하는 동안 당신은 꼬리를 자른다
모른 척하면 할수록 조롱은 한없이 번식한다

곱창집의 기억

여긴 플랫폼, 마차가 정차하고 있어
탑승한 손님은 제 주량의 몇 배나 되는 술을 마시고 정
신이 흐릿해져야 하차

퇴근길에 소주 한잔하며 회사 이야기를 했어 연말에 부
장으로 승진해서 큰소리 뺑뺑 치겠다고 했는데 취기가 돌
면서 비틀거렸고
그 뒤부터 필름이 끊겼다 이어지고 이어졌다 끊겼어
이를테면 지워진 기억의 일부를 찾을 수 없는 거야 술은
무엇 때문에 내 머릿속의 기억을 빼내 갔을까

술집 주인은 순대를 썰고 있었고 돌돌 말린 순대는
잃어버린 기억의 두께를 재는 데 제격이야

수축과 이완을 반복하는 지렁이처럼 골목길을 꿈틀꿈틀
기어갔어
늘 곧게 뻗은 길만 가고 싶었는데 내 인생은 왜 이렇게
꼬여만 가는 걸까

꼬인 기억을 푸는 데는 언제나 되새김질이 필요해

미안하지만 너의 기억을 잠시 빌려 줄래?

그때 우리가 씹다 뱉은 것들이 너덜거렸어

영혼을 소독해 준 술잔은 테이블에 엎어져 있었고 빈
술병처럼 뒹굴며 아무리 눈을 뜨려고 해도 눈이 떠지지
않는 새벽

배 속에는 수천 마리의 미생물이 활동하고 있을 텐데

그들은 끊임없이 서로를 탐색하는 걸 멈추지 않았어

지방 덩어리 같은 취객이 바닥에 붙어 떨어지지 않는 골
목

여기 기생하는 나는 유해균일까? 유익균일까?

주령구를 굴리다

주령구가 굴러와 밥 식(食) 자에 멈춰 있다
'밥' 한 글자 써 붙인 국밥집 하나
구겨진 도라지밭 귀퉁이를 누르고 있다
얼마나 먼 곳에서 굴러왔는지
마모된 모서리가 면을 개간하고 있다
상형문자 서첩을 뒤져 풍경을 읽으니
천 년 전 선덕의 목소리가 들린다
'거긴 지금 배곯지 않느냐'는 물음에
단답형 대답을 생각하는 것인데
빵 다섯 개로 만민의 허기를 해결했다는
예수를 붙들고 그 전말을 묻고 싶다
그 시절 찬송가쯤이었을까
백도라지 타령과 술 몇 대접으로 입술을 적시니
숨소리마저 선덕의 물음으로 느껴져서
의류 상가를 옷 의(衣) 자로 굴리고
아파트를 집 주(住) 자로 굴리고
장수막걸리를 술 주(酒) 자로 굴려 대답을 해도
선덕은 질문을 멈추지 않는다
다시 꽃 화(花) 자를 굴려 본다
주령구가 만발한 도라지밭

도라지꽃은 주령구 구르는 소리로 흔들거리고
멀리 쉴 휴(休) 자로 보이는 불빛 한 점을 따라가 보니
나이를 알 수 없는 여인이 끼니를 끓여 준다
세상은 어두워 아무것도 보이지 않고
창문에 밥 먹는 그림자가 또렷하다
하늘에서 내려다본 여인이
점 점(點) 자를 내 대답으로 읽은 것인지
여인은 온데간데없고
밤새 무서리가 내려 도라지꽃을 지워 놓았다

●주령구(酒슈具): 경주 안압지에서 출토된 14면체 주사위.

제4부

붕장어 골목

미끌미끌한 긴 몸, 말의 갈기 같은 지느러미만 있고 비늘 없는 골목에 어둠이 밀려든다 옆구리에 박음질되어 있는 골목의 숨구멍이 넓어지고 모든 게 싱싱해진다 비밀을 감춘 수심이 달라지고 지금 막 들어선 골목에는 반점이 유영한다 굴성에 굴복하는 길 등뼈는 어디로 뻗어 가는 굴성일까? 수심이 찰랑거리는 이곳에 오면 누구든 기록이 된다

야행성의 골목, 어두워지면 활동을 시작한다 장어 굽는 냄새 전어 굽는 냄새 오징어 굽는 냄새가 뒤섞이면서 골목은 심하게 출렁인다 그 순간 골목은 덫이다 쉽게 흘러들어 갈 수 있으나 한번 들어가면 빠져나올 수 없는 문어발처럼 전단지가 살아 꼼지락거리는 바닥

꼬리는 언제나 악착스럽게 힘이 세다 도마 위에서 머리가 잘려도 꿈틀거린다 어디까지가 몸통이고 어디까지가 꼬리인지 경계가 모호하다 머리 따로 꼬리 따로 떠돈 탓에 꼬리는 머리의 뒤통수를 앞설 수 있다 꼬리는 머리를 망각한 채 꼬리를 차지하려고 늦은 밤까지 술잔을 내려놓지 못한다 굴욕뿐인 꼬리, 덫에 걸린 골목이 빠져나가려고 발버둥 치고 있다

없다

다락방에는 불빛이 없고 책가방이 없네 다락방에는 종소리 반복이 없고 실내화 발목이 없고 성적표가 없고 청진기 후렴이 없고 교복이 없고 아령이 없네 다락방에는 바구니가 있고 바구니에는 곶감이 있고 곶감에는 감 씨가 있고 감 씨에는 숟가락이 있고 숟가락에는 감나무가 자라고 감나무에는 감꽃이 피고 감꽃을 줄에 꿰면 목걸이가 되고 목걸이는 개 줄 개 줄에 묶인 귀뚜라미가 짖네

아버지를 회상하는 사물들을 열거하면 채워지는 그 무엇 열거하지 않으면 채워지지 않는 그 무엇이 다락방에는 있지만 없네 있지만 없는 것 칼날 자국 선명한 책상, 책상에 음각된 어둠이 어둠을 파내며 새겨진 이름 이 세상에 존재하지 않는 이름을 복원했던 목도장 테두리처럼 둥근 주발에는 제삿밥이 없고 그 테두리는 다락방에 있지만 없네 아버지를 현재에 고정시키지 못한 그 무엇 있지만 없네 아버지를 다른 공간으로 이동시킨 그 무엇이 없지만 있네

다락방에는 북극성이 없고 지킬과 하이드가 없네 다락방에는 술병의 솟구침이 없고 낮달의 환멸이 없고 성경 책의 논리가 없고 엄마의 잔소리가 없고 담배의 조언이 없고

무지개의 오독이 없고 아홉 시의 환청이 없고 약봉지의 눈물이 없고 나도 없고 아버지도 없는데 실제로 있어야 할 나도 없고 실제로 있었던 어제의 아버지가 없네 다락방은 있지만 없네 있지만 없는 것처럼 없지만 있는 것처럼 다락방은 있지만 없네 모두 떠나고, 없네

무지개

그것을 잡으려 해도 안 잡히는 것은 크레파스의 가독성이 낮은 탓

색만 나열한다고 무지개가 되는 건 아니다 노을이 무지개가 될 수 없는 이유다 전단지는 말들이 많다
말들만 나열한다고 전단이 되는 건 아니다

나는 전단지와 관계를 유지하는 데 서툴다 전단지에 들어가서 전단을 읽는 것이 두렵다 하늘에는 일곱 빛깔 요일들이 걸려 있고 무지개는 달력에 걸려 있다

개작하지 않은 빗줄기가 그치면 크레파스의 생각은 세 살이다
이상을 꺼내 놓고 이상을 필사하면 이상적인 전단을 쓸 수 있을까

나는 브로콜리의 상상력을 찾아 마트에서 주어 한 판 동사 한 모 서술어 스무 마리를 사 온다 해설에 붙은 앵무새 목소리를 팬에 달달 볶아 아홉 숟가락을 복용하면 내 전단에도 무지개가 켜질까

그것을 잡으려 해도

안 잡히는 그것을 잡으려고 나는 9호선 급행을 탄다

시계와 시계꽃

시계가 묻힌 무덤
아버지는 무덤 속에서 정확하게 일어날 수 있겠지
시계가 죽지 않아서
얼마나 긴 시간을
시계와 함께 살아야 할지 아버지는 고민하고 있겠지

제 생일날만 알리는
시계꽃의 치명적인 결함은
하루에 두 번 시간이 맞는다는 사실

제 제삿날만 기록하는 시계
무덤 속에서
아버지의 손목에 갇힌 시계가 알람을 울리겠지

무덤 속의
아버지는 조금씩 지워지겠지만
매장된 시계는 죽은 아버지를 끌고 다니겠지

시계가 묻힌 무덤은
시계가 정확해서

아버지는 일어나고 싶어도 일어나지 못하겠지

무덤 밖에 핀
시계꽃
펼쳐 놓은 눈금 위에서 세 개의 바늘을 돌리고 있지

항아리를 추모하다

엉덩이가 사라졌다 매끄러운 엉덩이는 어느 별로 여행을 떠났기에 돌아올 기미가 보이지 않는다 엉덩이를 구름으로 생각하면 비가 내렸고 무지개로 생각하면 누군가 훌라후프를 돌렸다

영정 사진을 닦으며 돌아오지 않는 엉덩이를 생각했다
엉덩이는 상자 속에 갇혀 있고 허리는 매듭으로 묶여 있다 포장되기 직전 엉덩이에 얼굴을 갖다 대면 섬뜩한 냉기가 전해진다

엉덩이 속엔 엉덩이가 없다

추모공원 화장터 가마에 불이 붙는다
가마는 국화꽃 향기를 태우고 길고양이 울음을 태우고 발소리까지 태운다 이제 죽은 자의 발소리는 어느 곳에서도 들을 수 없다

뼈가 이탈하고 생이 소각된다
뚜껑 열린 죽음이 굴뚝을 통해 흩어졌다 날아가는 연기를 바라본다

몸이 먼저 영혼을 떠났는지 영혼이 먼저 몸을 떠났는지 사망진단서에 나와 있지 않지만 뚜껑을 닫아 놓아도 죽음은 엉덩이 모습으로 빛난다

저 가방은 출발하는 중인가 돌아가는 중인가

닫힌 지퍼는 입을 열까? 지퍼가 입을 열면 닫으라 했고 입을 닫으면 열라 했던 그녀는 가해자일까 피해자일까 지퍼는 악어 이빨을 가졌지 그녀의 몸에는 지퍼에 물린 자국이 남아 있고 한때 지퍼는 직언하는 독설가였고 자유로운 여행가였지 지퍼 안쪽이 궁금하다면 그건 지퍼의 사생활 방랑벽 있는 지퍼가 집시의 삶을 두리번거린다는 것은 이미 알려진 사실

지퍼는 묵비권으로 자신의 삶을 방어했으나 모난 성격은 고립의 원인이 되기도 해서 닫힌 지퍼는 아무 말도 내뱉지 않을 것이고 이 빠진 지퍼는 이 빠진 생활을 하겠지

끈에 묶인 그녀는 끈을 믿고 끈에 의지해서 끈이 이끄는 대로 끌려다녔지 자궁에서 탯줄이 끊어진 그날부터 누군가를 묶거나 누군가에게 묶여야 안심이 되는 끈에 대한 집착 아무도 막지 못했지 거미줄 같은 끈을 끊어야 할 때가 오겠지만 묶이는 끈과 풀리는 끈 사이에서 그녀는 침묵했지 끈끈한 침묵은 무엇이든 걸려들면 먹잇감이 되기 좋았지

끈은 지퍼에게 보내는 최후의 경고이므로 지퍼는 점점 커지는 압박에 여행이라는 말을 봉인하자마자 비밀번호를 알려 줄 수밖에 없었지 지퍼가 바닥을 보여 줄 때 그녀는 끈을 감췄지 처음부터 끈이 없었다는 듯 마지막까지 끈을 모른다는 듯

칸나

우린 어디부터 꼬인 걸까요
당신은
풀 수 없게 배배 꼬여 가는데
언제가 마지막이었을까
그 짓 끝낸 후 꼬인 리본 치렁치렁 매달고
활짝 핀 꽃, 꼬인 밤을 내걸고
꼬여 가는 밤에 나쁜 놈이라고 욕하면
뿌리는 땅으로 가고 줄기는 하늘을 향해 달아나고
달아나서 구름을 업어 나르는 당신
배배 꼬인 밤에
언제나 꼬인 밤에 꼬인 얼굴을 들고
내가 왼쪽으로 등을 돌리면
오른쪽으로 돌아눕는
지붕 몇 바퀴를 휘감고도 남을
당신의
거짓말을 비웃는 밤
그늘조차 심하게 꼬여 풀 수 없는데
무언가를 감추기만 하는 당신
어쩌다 이렇게 꼬이기 시작했을까
당신은 멀쩡하게 태어나 꼬이기 시작했고 앞으로도 꼬

일 것인데
　　대안 없는 긍정으로
　　타인의 등에 편승하는 당신의 가계(家系)
　　그늘을 풀어 집을 넓혀 나가네요
　　그늘만큼 완벽하게 꼬인 바닥은 없거든요
　　마음 가는 대로
　　땅보다는 하늘을 향해
　　몸은 나에게 묶고
　　그녀를 향해 입술을 내미는 당신

몸에 핀 개나리

봄은 황사와 황달 사이로 찾아온다 요양병원 담벼락에
구름이 걸려 있다
노란 구름이다 구름이 삐악거린다

누군가 당신의 눈 속에 꽃나무를 심는다
온몸에 꽃나무가 뿌리를 내린다 노랗게 꽃이 만개한
다 꽃이 만개할수록 당신은 의식을 잃어 가는 횟수가 잦
아진다

당신은 서서히 병아리가 되어 간다 어쩌다 당신은 병
아리가 되었을까

병아리가 깃털 속에 머리를 묻는다
뭉쳤다 흩어지는 땀에 젖은 깃털
뻣뻣했고 무거웠고 추웠다

병아리가 꿈속까지 따라와 죽음을 달라고 보챘으나
죽음은 순식간에 문을 닫아 버렸다
악몽도 문을 닫았다 나는 부화하는 병아리와 부화하지
못하는 병아리를 바라본다

당신은 오줌을 눈다 오줌발은 짧아졌다가 길어졌다가 졸졸 흐르면서 동시다발적으로 피었다 지고 휘어지면서 헤어진다

사월은 매운 카레 맛
혈관에서 뽑아낸 탁한 피가 당신의 일몰을 재촉한다 나는 구급차 사이렌 소리에 밑줄을 그으며 남은 약봉지의 개수를 헤아리고 있다

당신 떠난 당신이 누워 있는
중환자실
물관에도 체관에도 노란 피가 흐르지 않는다

우물

닫힌 그녀의 눈
풍경을 편집하지 못하지
나선형 계단의 아바네리 쿤다
천이백 년 동안 자신의 눈을 본 적이 없어

내 안이면서 네 안 같은
내 안의 깊이가
그녀의 마음보다 더 깊을까
얼마나 깊은지 좀처럼 바닥을 드러내지 않았어
물줄기가 말라 가는 샘에는 이끼가 자라지 않지
어려워지고 있는 눈동자가 굴러가지 않게

우물에 눈동자를 넣고
누르면

안이 밖을 찍은 거니
밖이 안을 찍은 거니

눈이 내릴 때 그녀는 몇 번이고 눈을 깜빡거리지
일요일의 시력으로 양치질을 끝낸 그녀가 눈동자를 가

방에 넣고 교회 횡단보도 앞에 서 있어
　신호등이 오 분마다 깜빡거렸지만
　저 우물은 초록과 빨강을 구별하지 못하는 흑백

　그녀의 눈에서 일월과 이월의 우물이 찰랑거렸어
　두레박질 소리가 마른 우물가, 들려오는 소문은 수선
이 필요하지

　●아바네리 쿤다: 인도 자이프로에 있는 세계에서 가장 오래된 계단식
우물.

팔월의 케이블카

가만가만 상자를 옮겨 보아요 이별은 이쪽 허공에서 저쪽 허공으로 옮겨 가는 것 무게중심을 잘 잡아야 추락하지 않아요

상자에 파도 소리를 깔아 놓으니 탑승자 명단에도 없는 갈매기들이 상자 속으로 우르르 몰려듭니다

허공은 그에겐 안온한 은신처였지만 상자에겐 목숨 건 외줄 타기죠

줄에 어둠만 감기는 여수 밤바다
매표소에서 승차권을 발권하지 않아도 바퀴 없는 이별은 잘도 굴러갑니다

상자에 들어가기 전 그가 남긴 마지막 말은 무엇입니까? 줄이 상자를 내려놓습니다 누군가 상자를 하관하고 있는 모양입니다

49일 동안 폭염은 멈추지 않았고 49일 동안 그는 허공에 떠 있는데

상자 속엔 영원히
부사들이 존재합니다

상자 바깥의 그는 상자 안의 그를 답습하는 중입니다
이쪽 허공에서 저쪽 허공으로 말줄임표만 길어지고 있
습니다

수선화에 초인종이 울리는 동안

안이면서 바깥인 문, 열려 있지만 열 수 없고
바깥이면서 안인 문, 닫혀 있지만 닫을 수 없다

문에 붙은 전단지는 나뭇잎
소문은 덕지덕지 붙어서 무성하게 펄럭거렸고
나는 나무의 자세로 쇄골을 드러낸 채 그를 배웅한다
나는 천성이 과묵하다 그의 비밀을 알고 있지만 발설
한 적 없다
나에겐 비밀번호를 모르는 자물쇠가 달려 있다

택배 상자를 현관 앞에 놓고 가는 배달원
배달된 시점에서 상자는 지워진다
계절이 바뀌어도 그는 오지 않았고 상자는 줄어들지
않았다
갈변된 구름과 깨진 고양이 울음은 반품 처리되었고 몇
년째 수선화는 나오지 않는다

그에게 배달되는 꿈을 꾼다
물류 창고에선 상자가 상자를 집어던졌다 포개지는 상
자에서

싹이 튼 마음을 잘랐다
꿈 바깥에서 누가 나의 자물쇠를 만지작거린다

만나고 헤어지는 일이 거듭될수록 자물쇠를 채울 수가
없다

수선화의 비밀번호를 눌러 볼까 아무리 눌러도 열리지
않는다
모니터에서 호출 신호음이 울린다
목소리 위에 목소리를 쌓지 못하는 스피커

허공에 낯선 얼굴들만 쌓인다

초파리의 시간

돌연변이 연구진들은 중생대 초파리의 유전자 비코이드(bicoid)를 연구하면서 초파리를 배양하기 시작했죠

그들은 배양통에다 물과 배지를 2 대 1 비율로 혼합해요 그다음 잘게 자른 부직포와 수초를 깔아 주고 종자를 넣은 후 어두운 곳에 방치해요

산란에서 부화까진 하루가 걸려요 나의 이미지 배양법에 비하면 초파리는 훨씬 쉽게 날개를 붙이는 것 같군요

수초에 붙어 공중을 기웃거리는 초파리는 시뮬라크르 원본의 복제가 무수히 이루어진 까닭이에요
무에서 유가 이렇게 폭발적으로 증식한다는 게 신기하군요

초파리가 유충에서 성충으로 몇 번의 우화를 거듭하는 동안 연구진들은 연구 일지를 썼고 나는 이미지 배양에 복사 용지를 수없이 사용합니다

이미지 배양은 아무나 할 수 없듯 초파리 배양에도 누

구나 뛰어들 순 없겠죠

　돌연변이, 이 기이한 상상력에 특별한 관심이 있는 자만이 도전할 수 있을 겁니다

　새로운 이미지 생성은 염기 서열의 복제가 아닌 암호의 치환이어서 어쩌면 나의 골방이 연구실의 초파리 배양보다 훨씬 더 수월할지 모릅니다

　그런데 나의 이미지 배양에는 왜 아직 초파리 같은 우화가 없는 걸까

　머릿속에서 이미지 날아다니는 소리만 세차게 윙윙거리는데……

나의 풍선

나팔을 부는 당신의 폐활량은 고체입니까 심호흡을 할
수록 얼굴이 굳어 가네요
한없이 길어지는 소리는 협잡꾼
관건은 거짓말을 얼마나 크게 부느냐가 되겠죠
소문 때문에 머리털이 다 뽑혔어요

저 고무주머니는 언제부터 입이었을까요
부드러운 말에 현혹되어 혼란 속으로 빠져듭니다
붉은 입술은 신축성이 뛰어나죠
당신은 보는 대로 집어삼키는 늪이긴 하나
속을 드러내지 않는 만두이기도 합니다
출구였다가 입구였다가
수시로 변하는 동굴
여기 감금시킨 어둠 한 줌이 나를 투명 인간으로 만듭
니다
깊이를 알 수 없는 덫
한번 들어가면 빠져나오질 못해요

뻥! 터뜨리는 폭발음으로 예식장은 축제 분위기죠
폭죽으로 뜨거운 마음을 터뜨릴 순 있으나 누군가의 마

음에 화상을 입힐 수 있으니 조심해야 해요

웨딩드레스가 찢어지고 하이힐이 부러졌다고 버진로드를 비난하진 않을 거예요 도망치는 일은 돌아오는 일이죠 그나마 돌아올 데가 없는 나는 다행이에요

어제를 동어반복하는 박수 소리는 누구의 샴페인입니까 그 속에 갇힌 당신이라는 거품은 누구의 환호성입니까

리아트리스

공중에 그어 놓은 밑줄은 밀애의 표지(標識)입니다 화려
하고 보폭이 느린 문장에 밑줄을 긋는다죠
철봉은 풍경의 테두리 나는 누구의 테두리인가요

철봉에 매달려 철봉을 흠모하면 당신은 사라지고 철봉
에 매달려 철봉을 증오하면 당신은 다가와 나의 손가락
을 잘라요

미래는 밀애의 오독 내가 철봉에 매달릴 때 당신은 뿌
리 없는 외발이 전부죠
구름은 무거워지고 싶은 날 외발을 감춰요

철봉과 나는 수직이라서
쇄골에 접혔던 밤을 펼친 철봉은 내 몸을 휘감고 나는
오늘 밤도 철봉에 매달려요

구름이 피 묻은 손가락으로
하늘에 밑줄을 그어도 철봉은 상대를 바꿔 가며 표지(表
紙)뿐인 이불을 넘겨요 내 몸이 뜨거워질수록 철봉은 차갑
게 식어 가요

거절당할수록 쌓여 가는 집착

펼쳐 보고 뒤집어 보고 돌려 봐도 당신은 퇴고할 수 없
는 나의 밑줄

우리의 마음은 어디로 굴러가는 걸까요

안지영(문학평론가)

*

"먼 곳까지 종소리를 산란하는 물고기는 얼마나 많은 지느러미의 시간을 소진했을까"(「풍경의 풍경」). 시인이 눌러쓴 다음과 같은 문장은 그 자신에게 건네는 위로처럼 들렸다. 여러 겹의 목소리가 흘러나오다 보니 이해받지 못하는 목소리들이 난청의 벽에 가로막히는 일도 적지 않았던 모양이다. 이번 시집을 출간하기까지 시인이 어떤 시간을 통과해 왔는지 조금은 짐작할 수 있을 것 같은 기분이 든다. 물론 우리가 확인하고 있는 것처럼 시인은 그 목소리들을 포기하지 않는다. 아니 포기되지 않는다는 사실을 기꺼이 받아들이고 있다고 말하는 편이 더욱 적절할 것이다. 시인은 "잘라도 잘려도/집요하게 문장은 자라났다"(「가지런한 불면」)라면서 불가항력으로 배태되는 말들의 행렬을 지켜본다.

'다른' 목소리들에 대한 시인의 수용은 곧 이질적인 타자들을 배제하지 않겠다는 태도를 반영하는 것일 터이다. 말들뿐만 아니라 인간이라는 존재 그 자체가 완전히 이해될 수 없는 무수한 달의 뒷면을 지닌 것이라는 점을 이야기하는 것이다.

해서 오롯이 이해될 수 없는 다중의 목소리가 존재한다는 사실로 인하여 막연한 슬픔이 떠오르기도 한다. 슬픔을 통해 김분홍이 다다르고자 하는 세계는 어떠한 장소일까. 우리는 그 실마리를 이 시집의 곳곳에서 발견할 수 있다. 자기 안의 목소리를 끌어내기 위해 시인은 다른 존재로의 변신을 마다하지 않는다. '분홍'이라는 시인의 이름을 떠올리면 조금은 낭만적인 상상에 빠져들 법도 하지만, 이 시집은 낭만보다는 어떤 선홍빛 상처와 어울린다. 상처가 나을 때까지는 언제나 생각보다 긴 기다림이 필요하다. 시인은 다음과 같은 문장들을 남기고 있다. '거짓말에도 꽃이 피고 수선화에 초인종이 울리는 동안 당신의 눈 속에 꽃나무를 심는다 마지막까지 모른다는 듯'. 꽃나무를 심고 거기에서 꽃이 피어날 때까지 시인은 하염없이 기다릴 것이다. 당신이 시집에서 예상치 못하게 마주쳤을 풍경들을 다시 읽어볼 시간이다.

*

샴쌍둥이가 등 돌린 사이라고 해서 풍경까지 돌린 건 아

니다
　　우리는 흩어지지 못하고 쌓여 가는 관계라서
　　사막에 뿌리내린 변종을 꿈꾸는 바오밥나무

　　샴쌍둥이가 다리를 공유했다고 얼굴까지 공유한 건 아니
다
　　우리는 일가를 이뤘기에
　　다종의 얼굴을 다중으로 교체한다

　　밑동 잘린 장대비를 수확하는
　　우기의 계절
　　다리 따로 머리 따로 떠도는 우리는
　　하나일까 둘일까

　　마음이 뭉툭해진 구름은 마블링을 넓혀 갈 수 없다

　　구름을 아삭하게 끓는 물에 데칠 순 없을까

　　질문은 대답으로 쌓여 간다

　　자라지 않기로 결심한 구름은
　　다리가 퇴화하고 머리가 진화하기 시작했다

　　배우들이 가채를 쓰고

황후의 두 얼굴을 연기한다

낮장으로 태어나지 못한 슬픔이 다발로 묶인다
　　　　　　　　　　　　　—「우리는 브로콜리」 전문

　풍경은 안에 있는 내가 바깥의 나에게 건네는 인사이다. 안과 바깥이 서로 분리되어 있지 않다는 것을 풍경은 말해 준다. '나'라는 존재가 풍경을 이어 주는 매개가 되기 때문이다. 시적 주체는 "안이면서 바깥인 문"이다(「수선화에 초인종이 울리는 동안」). 일방적으로 내면을 투사해서 바깥을 제멋대로 재단하지 않는 시적 주체의 마음은 "다종의 얼굴을 다중으로 교체"하며 자신의 마음을 '자신의 마음이 아닌 것처럼' 관찰하고 있다. "다리 따로 머리 따로 떠도는", 내 마음이 아닌 것 같은 내 마음은 우기의 계절을 불러일으키며 다발로 묶인 슬픔을 불러내기도 하지만, 이 슬픔을 통해 자기감정에 뭉툭해지지 않을 수 있다는 점을 함께 이야기하지 않으면 안 된다. 언제나 같은 얼굴로, 같은 표정으로, 같은 질문만 던지는 동일성의 주체가 아니라 매번 다른 얼굴, 다른 표정으로 같은 질문에도 다른 대답들을 쌓아 가는 "두 얼굴"의 나에게 무수한 바깥이 펼쳐진다.
　다만 이들은 통제 불가능할 정도로 분열되어 있는 것으로 그려지지는 않는다. 이 시집에는 무수한 가지를 뻗어 낸 거대한 바오밥나무를 지탱하는 단단한 뿌리처럼 자신의 분열된 인격을 관찰하는 시적 주체가 존재해서 균형 잡힌 시선으로 자기의 고통과 슬픔을 바라보고 있다. 그러니까 이 시의 슬픔은 건강한 슬픔이다. 내 안에 미처 발화하지 못한 또 다른 '나'의 목소리가 언제나 남아 있으리라는 점을 받아들이는 것이야말로 지극히 건강한 태도가 아니겠는가. 이 슬픔은 특정한 인칭에 의해 배타적으로 소유된 것이 아니기에, 조금 거창하게 표현해 보자면 '비인칭의 슬픔'이라 이름을 붙일 수도 있겠다. 단일한 인격에 의해 진정성 있는 목소리로 발화해야 한다고 강요하는 서정시의 문법을 해체해 온 2000년대 이래의 흐름에 김분홍도 기꺼이 동참한다.

내가 나로 남기 위해서는 계속해서 내가 아닌 것들에게 자리를 내주어야 한다고 시인은 말한다. 이어서 시 한 편을 더 읽자. "혼자 여행을 떠났다/분명 기차가 달리는데/풍경이 달린다는 느낌은 어디에서 오는 것일까?/아직 사람의 온기가 남아 있는 좌석/다른 사람이 앉았던 좌석에 앉아/나는 모르는 사람의 목적지를 향해 가는 것만 같다//(중략)//내 손바닥에 새겨진 운명선을 나 아닌 누군가가 대신 살고 있다는 착각//나는 너를 번복하기 위해/잠시 이곳에 정차했을 뿐이고"(「내 손바닥 속 추전역」). 내가 앉은 자리에 남아 있는 온기로 그전에 앉았던 누군가의 존재를 감지한다. 그 자리는 나만의 소유가 아니다. 풍경이 달린다는 느낌, 그것은 '나 아닌 누군가'의 풍경을 받아들인다는 의미이기도 할 터이다. 누군가가 나의 삶을 대신 사는 기분, 나 자신의 운명에 대한 묘한 이질감. 이것은 삶의 다른 존재 가능성을 기꺼이 수긍하는 개별성에 대한 첨예한 고민의 결과가 아닐까.

*

　김분홍 시에서 주요하게 사용되는 시적 기법은 아날로지
다. 아날로지는 일반적으로 서로 닮지 않은 것에서 닮은 부
분을 찾아낸다는 의미로 사용되지만, 그것을 가능하게 하
는 것은 바로 다름이다. 그런 점에서 김분홍의 아날로지는
유사성과 이질성을 가지고 놀 듯 마음껏 주물러 보는 행위
이다. 벤야민이라면 이를 '미메시스 놀이'라고 부를지도 모
른다. 벤야민은 프루스트의 글쓰기에서 대상에 "호기심"을
갖고 "아첨"을 하듯 밀착하여 관찰하고 또 그것을 생생하게
재현함으로써 그 대상과 자신의 자아를 감싸고 있던 마법
적 껍질을 벗겨 내는, 미메시스적 태도를 발견한 바 있다.
사물에 깊은 호기심을 가지고 지켜보다가 보면 어느새 나
는 그 사물과 비슷해진다. 시적 기법이 아니라 존재론적 변
용으로써 아날로지는 흉내 내기의 차원에서 파악될 수 있
는 것이다. "어느 한순간, 도약이나 비상 및 하나의 비약을
통해 전혀 예측할 수 없었던 자기 자신의 어떤 삶이 낯선
세계에 몰래 잠적하고 있다는 사실을 깨닫게 되는 것"[1], 이
러한 태도를 우리는 김분홍 시집의 첫 페이지에 실린 다음

---

1 발터 벤야민, 「프루스트의 이미지」, 『발터 벤야민의 문예이론』, 반성완 편역,
민음사, 2006, p.111.

의 시에서 발견할 수 있다.

> 저 지우개는 고장 난 시간
> 저 단추는 자물통의 비밀번호
> 저 무늬는 빗소리
> 저 율동은 언덕을 오르는 당나귀
> 저 주름은 음모가 많은 가방
> 저 배경은 버려진 우물
> 저 뒷모습은 봄날의 의자
> 저 향기는 눈구멍만 뚫린 복면
>
> —「원피스」 전문

"저"라는 지시대명사는 사물과 나의 거리를 보여 준다. 김소월의 「산유화」의 "저만치"가 그러하듯 이 간격은 좁혀지지 않는다. 하지만 사물은 사물대로, 나는 나대로 각자의 자리를 지키되 함께 어우러지는 방법을 발견한다. 다름 아닌 기억을 통해서다. 사물과 내가 서로 교감하여 주고받는 기억을 통해 사물을 감싸고 있던 껍질은 벗겨지고 기억이 하나, 둘 솟아오른다. "지우개는 고장 난 시간"이 되고, "단추는 자물통의 비밀번호"가 된다. 여기에는 어떤 기억이, 어떤 비밀이 숨겨져 있는 것일까. 지극히 내밀하면서도 호기심을 일으키는 순간의 비약을 통해 사물들은 다른 존재로 변신한다. 사물과의 교감을 통해 시적 주체 역시 "당나귀"로, "의자"로, "복면"으로 변신을 계속하는 것도 재미있다. 사물에의 온전한 집중이 가져온 회생의 시간이다. 최대한 집중력을 가지고 사물과의 교감을 통해 잠재되어 있던 기억을 생생하게 끌어내는 방식으로 김분홍은 우리가 이미 가지고 있었지만, 미처 의식하지 못하고 있던 이미지들을 소환해 낸다.

시인이란 이러한 이미지를 찾기 위해 늪에서 한참을 매복하는 악어와 같은 존재가 아닐까 상상해 본다. 「화살표는 악어가 되고」에서 시인이 "악어가 매복한 바리케이드는 늪/광화문 사거리에서 차들은 악어의 입 모양을 따라 움직이고 나는 화살이 날아다니는 상상을 하지"라고 말할 때, 일상의 곳곳에 숨어 있는 기억을 찾아내려고 먹이를 기다리듯 매복하고 있는 시인의 모습이 자연스럽게 중첩된다. 시인의 일상은 얼마나 다채로울까. 남들이 평범하게 보아 넘기는 사물들을 그냥 보아 넘기는 법이 없을 터이다. 사물만이 아니다. 시인의 말장난은 비슷한 발음을 지닌 단어의 병렬이나 다른 의미 맥락을 지니는 단어의 반복을 통해 수행되기도 해서 "바게트에서 바리케이드까지"(「화살표는 악어가 되고」)라거나 "얼룩무늬 개가 짖어 대는 백송의 얼룩무늬 곁에 모과나무의 얼룩무늬"(「기념식수」)라고 말장난을 건네기도 한다.

말의 맛을 우려내어 꼭꼭 씹어 음미하게 하는 김분홍의 언어 실험은 섬세한 기술을 필요로 한다. 때문에 시인은 때때로 늪에서 사냥감을 기다리는 끈질긴 악어와 더불어 초파리를 배양하는 돌연변이 연구진의 자세를 가져야 할 때도 있다. 시인은 독특한 "이미지 배양법"(「초파리의 시간」)을 실행하면서 이미지의 미세한 움직임에도 주의 깊게 반응한다. 하지만 실험은 실패하기 일쑤다. 이미지는 나의 소유가 아니기에 예상치 못한 변수들이 출현하기 마련이다. 김분홍은 실패의 경험을 다음과 같은 기록으로 남기고 있다.

한 발 한 발 스텝을 섞듯 말을 섞는다

서먹해진 관계를 좁혀 보려고 빠른 걸음으로 따라붙어 보지만
당신의 혀는 양파 속이다
내가 백 미터 다가가면 당신은 백 미터 후퇴한다 당신은 수직이고 나는 수평이기 때문에

우리의 간격은
제자리에 멈춰 있다
우리가 고층과 저층을 왔다 갔다 하는 동안 고삐 풀린 생각이 부유하는 곳에
임시방편으로 침묵을 말뚝으로 박아 놓는다

당신의 말과 나의 말이
부딪쳐서 찌그러지기도 하고 계단 아래로 위태롭게 굴러갈 때가 있다 거기에는 당신이 쏜 총에 맞아 부상당한 나의 말도 있다

모든 스텝에선 화약 냄새가 풍긴다

헌 내장처럼 장 누수가 있는 말
오르막과 내리막이 심한 당신의 말에 변비가 있다
　　　　　　　　　　　　　　　—「오데사 계단」 전문

　이 시의 제목은 세르게이 에이젠슈테인의 영화 「전함 포
템킨」 속에서 유명한 시퀀스의 이름인 '오데사의 계단'이다.
이 장면에선 부상을 입은 소년의 어머니가 병사들을 설득
하는 쇼트와, 총에 맞은 여인이 잡고 있던 아기가 탄 유모
차를 놓아 버리면서 계단 아래로 유모차가 추락하는 쇼트
가 교차편집된다. 에이젠슈타인은 이 시퀀스를 통해 쇼트
와 쇼트를 충돌시켜 관객으로 하여금 제3의 의미를 발생시
키는 편집 방식으로써 몽타주를 실험했다. 그렇다면 어째
서 김분홍은 이 시의 제목을 "오데사 계단"이라고 지은 것
일까? 어쩌면 시인은 '시적인 것'이 출현하는 순간을 암시
하고 있는 것인지도 모르겠다. 이러한 사실을 전제로 이 시
를 메타적으로 해석해 보면, 시인이 비약적이고 충돌적인
이미지를 대립적으로 연결시킴으로써 제3의 이미지가 출
현할 수 있으리라는 점을 은근슬쩍 드러내고 있다는 점이
눈에 띈다. 이 과정은 결코 평화롭지 않다. 위태하게 계단
을 내려오는 유모차가 그러하듯 "당신의 말과 나의 말이/
부딪쳐서 찌그러지기도 하고 계단 아래로 위태롭게 굴러갈

때가 있다". "양파 속"처럼 알 수 없는 당신과의 간극 덕분에 당신과의 관계는 긴장감이 지속된다.

그리하여 이 시는 결국 시인이 시를 쓰는 과정에서 어떻게 실패를 맛보게 되는지를 보여 준다. 하지만 여기서 주목할 것은 실패가 결과가 아니라 방법이라는 점이다. 실패함으로써 창작되는 시란 과연 가능한 것일까. 김분홍 시인의 경우 그것은 가능하기도 하고 그렇지 않기도 하다. 본래 시인이 쓰려고 했던 의미와는 다른 말들이 튀어나온다는 점에서 그것은 실패이지만, 지금 바로 우리 눈앞에 「오데사 계단」이라는 한 편의 시가 탄생해 버렸으니 말이다. 조금은 난감한 일이지만, 이것은 시적 순간이 출현하는 장면을 우회적으로 보여 준다. 시들이 점점 우연성, 순간성, 파편성, 불연속성을 지니게 되는 것은 피할 수 없는 일이 되어 간다. 일상에서 무수한 충격에 노출된 우리에게 과거와 같은 재현 방식은 무미건조한 일상과 마찬가지로 수용될 뿐이다. 시적인 순간을 출현시키기 위해서는 '서로의 말'을 향해 총구를 겨누어야 한다. 완전한 동화와 몰입 대신에 김분홍은 독자가 자신의 시에 공격적으로 개입하기를 요청하고 있으며, 이 시집은 독자에게 실패에의 참여를 독려하는 언어와 이미지의 놀이터에 다름 아니다.

*

이제 분위기를 조금 바꿔야 할 것 같다. 시집을 읽은 이들이라면 1, 2부와 3, 4부의 미묘한 온도 차를 느꼈을 테다. 발랄하고 신선한 감각으로 이미지들을 풍성하게 끌어내고 있는 1, 2부의 시들에 비하면, 사회문제에 대한 고민이 담긴 3, 4부 시의 채도는 낮은 편이다. 비루하고 퍽퍽한 현실의 문제들이 개입하면서 고백적 발화가 두드러진다. 이 시들은 인간-됨이란 무엇인지에 대해 막막한 질문을 던진다. 이러한 질문이 나온 배경에는 세월호 참사가 자리 잡고 있다. 아도르노가 아우슈비츠 이후에 서정시가 쓰일 수 있는지에 대해 질문했던 것처럼 2014년 4월 16일 이후 한국의 시인들은 무엇을 노래해야 하는지에 심연에 부딪혔다. 거대한 비극 앞에서 말의 무력함이 절절하게 떠올랐다. 더구나 한편에선 단식 농성을 하는 세월호 유족을 조롱하며 그 앞에서 피자를 먹는 잔인한 행위를 벌이는 몰염치한 인간들이 출몰하기도 하였다. 절망은 분노로 바뀌었다. 이렇게 인간이기를 포기한 이들을 향해 시인은 단호하게 경고한다. "단식 농성하는 사람들 앞에서/굶은 사람들을 피자로 조롱하면/조롱이 조롱한 자에게 부메랑이 되어 날아간다"(「조롱에 관하여」). 아울러 김분홍은 세월호 사건을 그 자체로 인식하기보다 이미지의 중첩을 통해 다른 계열의 사건들을 만들어 냄으로써 거기에서 보편적인 목소리를 끌어내려 한다. 다음 시 역시 그러하다.

　　방은 무인발권기, 매표원 없이도 도착을 안내하고 출발을 발권한다 과적의 방 빙하의 방 고리의 방이 발권되고 있다 방에는 시간표가 붙어 있고 교과서가 때맞춰 스쿨버스를 타러 가고 있다 방이 직립을 버리면서 죽음을 발권하는 무인발권기를 나는 본 적이 있다 할머니는 어머니를 발권하지 않았고 어머니는 나를 발권했으며 나는 아이의 발권을 두 번 취소했다 냉장고는 방 안을 뒹굴며 공포를 발권한다 젓가락이 침몰을 들어 올린다 방의 봉인이 풀리면서 거대한 싱크홀에 잠겨 버린 나는 사월의 방을 여행한다 나는 누군가 예매해 둔 발권을 가져갔다 출발과 도착을 모르는 채 간적 없는 목적지를 향해 환승 중이다 나의 여행은 귀가를 전제로 하지 않는 편도행이다

방은 관(棺), 방에서 탯줄이 기어 나왔다 나는 방에서 태어나 관으로 들어갈 것이다 기일이 생일이 되어 어디론가 환생하는 방, 방이 익사하면 사월은 상자가 된다 사월을 연다 노랑나비 떼를 걸어 놓고 죽음을 애도하는 것이다 사월의 목련이 침몰할 때 사월의 뻐꾸기가 알을 낳고 도망갈 때 사월의 신호등에 빨간불이 켜질 때 사월의 장미가 레드카드를 꺼낼 때 방은 배제된다 내가 탑승한 방이 내게서 탈주하고 있다 방의 배후는 희망인가 절망인가 방은 과적이다 방이 가라앉고 있다 무능이라는 재질로 만든 나의 관(官), 관(官)은 아직도 나의 입관을 해태하고 있다

—「사월의 방」 전문

"과적의 방"이라거나 "노랑나비 떼" 등의 표현을 통해 세

월호 참사가 암시되고 있기는 하지만, 이 시는 그것을 경유해서 궁극적으로 '죽음'에 대해 사유한다. 이 시에서 "사월의 방"이라는 이미지가 변주되어 나가는 과정은 시인의 의식이 어떻게 흘러가고 있는지 고통스러운 흐름을 보여 준다. '방'은 "죽음을 발권하는 무인발권기"로 은유되며, "할머니는 어머니를 발권하지 않았고 어머니는 나를 발권했으며 나는 아이의 발권을 두 번 취소했다"라는 모호한 문장으로 이어진다. 이 문장의 의미는 2연에 가서 분명해진다. "방은 관(棺), 방에서 탯줄이 기어 나왔다 나는 방에서 태어나 관으로 들어갈 것이다"라는 문장을 통해서다. 1연에서 주로 죽음 이미지로 그려졌던 방이 2연에서는 생명의 탄생과 연결 지어진다.

「사월의 방」에 나타난 이런 식의 연상은 신화적 상상력에서 보았을 때 낯설지 않은 것이다. 신화에서 생명과 죽음은 서로 대립되는 것이 아니라 우로보로스의 뱀처럼 순환하는 과정 속에서 이해된다. 죽음을 한 세계의 끝이 아니라 새로운 세계의 열림이라고 본다면 관은 곧 탯줄로 연결될 수 있는 것이다. 하지만 생명과 죽음의 순환 고리에 대해 말하고자 하는 것이라면 세월호를 연상시키는 이미지들은 어째서 나타나는 것일까? 여기서 이 시를 세월호 문제의 비극성을 통해 생명과 죽음이라는 순환 고리가 폭력적으로 단절되어 버린 이 세계의 '무능'을 비판하고 있는 것으로 읽어 본다면 어떨까. 신화에 내재되어 있는 대칭적 사고는 죽음과 삶마저 동등하게 대하기 때문에 죽음 같은 것은 없으며, 죽은 동료들은 그저 본래 살던 곳으로 돌아가는 것에 불과하다고 본다. 이렇게 죽음이라는 절대적으로 비대칭적인 현실을 극복하기 위한 다채로운 이야기를 만들어 낸 결과물이 바로 신화 그 자체이기도 하다. 하지만 현대에 이르러 죽음은 점점 더 극복하기 어려운 것으로 변해 버렸다. 죽음은 삶과 대립하는 극단적인 단절로 인식되어 절대적인 위력을 발휘하고 있다.

김분홍은 세월호에서 죽음의 절대성을 '방'을 통해 상징적으로 드러낸다. 죽음은 그저 공포스러운 체험으로 전락하여 이 세계는 관으로 가득한 우울한 풍경으로 변해 버렸다. 우리는 각자의 방에서 너무나도 외롭게 이 문제에 대해 아파하고 있는 것은 아닐까. 시집을 덮고 난 후에도 "모서리가 없는 울음은/남향의 강물 속/부화하는 몽돌이다" (「자전거 타는 아침」)라는 문장을 오랫동안 음미할 수밖에 없었음을 고백한다. 이 시대는 참으로 '모서리 없는 울음'이 간절히 필요한 시대가 아닌가. 우리는 이대로 괜찮은 것일까. 우리의 마음은 도대체 어디로 굴러가고 있는 것일까. 김분홍의 시집을 읽으며 모서리가 닳아 없어질 때까지 강물 속에서 견뎌야 했던 몽돌의 마음을 상상했다. 그런 마음들이 모여 이 어두운 세계에도 환한 꽃 같은 것이 피어나는 것이 아닐까 하였다. 모서리 닳아 버린 막막한 마음을 가만히 주워 담아 본다.